KB055935

왜 오늘 밤은 내일 밤과 다른가요

김혜선
거문도에서 태어나고 통영에서 자랐다.
2009년 『시사사』를 통해 시인으로 등단했다.
시집 『왜 오늘 밤은 내일 밤과 다른가요』를 썼다.

파란시선 0078 왜 오늘 밤은 내일 밤과 다른가요

1판 1쇄 펴낸날 2021년 5월 15일
지은이 김혜선
디자인 최선영
인쇄인 (주)두경 정지오
펴낸이 채상우
펴낸곳 (주)함께하는출판그룹파란
등록번호 제2015-000068호
등록일자 2015년 9월 15일
주소 (10387) 경기도 고양시 일산서구 중앙로 1455 대우시티프라자 B1 202호
전화 031-919-4288
팩스 031-919-4287
모바일팩스 0504-441-3439
이메일 bookparan2015@hanmail.net

ISBN 979-11-87756-93-4 03810

값 10,000원

왜 오늘 밤은 내일 밤과 다른가요

김혜선 시집

시인의 말

마그리트의 모자를 훔쳐 와

낙타에게

당신에게 씌우고

쓸모없이

날아오를 새를 기다린다.

처음은

내가 없는 줄도 몰랐으니까.

차례

제1부

배우 수업

쓰레기봉투가 돼 보려고
머리를 옷 속에 집어넣고 팔을 빼내어 위로 묶고
그리고 가만히, 격렬하게 가만히 있어 보려고
흡혈귀 같은 이성의 명령에 복종하려고
매끄러운 공간에 점으로 있어 보려고
냄새 맡고 만져 보고 피부로 느껴 보려고
신성한 것으로 개종시키려고
양심을 무신론적으로 부재화하려고
도구에서 무기로
트럭을 몰고 막힌 벽으로 돌진해 자폭하려고
강제로 사지가 절단돼 보려고
코드에 갇힌 방향이 피를 따라 흐르게 하려고
다른 생으로 바꿔 타 보려고

나를 담은 봉투를 가만히 격렬하게 내려놓는다

행성 마그리트

당신이 번지점프를 하는 동안
범고래가 적도의 바다를 헤엄치는 동안

새로 발견된 행성에 마그리트라는 이름을 붙이는 식물학자도 있다

역설과 전복을 꿈꾸던 당신은 거꾸로 매달린 채
턱을 괴고 저녁 메뉴를 고르듯 별자리를 고르고
전갈좌인 당신은 공포와 환상을 눈 없이 바라보고

오늘 밤에도 술집 마그리트에는
실패한 혁명가들이 모여
유리창에 붙은 해를 깨뜨리고
밤을 낮이라 명명하고 싶지만
머리가 잘린 줄도 모르고
모자를 어디에 씌워야 할지 당황하다
서로를 버린다

이름 없이 떨어지는 별들이 왁자한 적도 밖으로
범고래는 사라지고

너는 네 자신에게 묻겠지
내가 옳을까……, 내가 틀릴까?

아주 오래전
당신이 도망치다 붙잡힌 잔지바르 골목에서
노예들이 뛰어내린다
행성 마그리트가 주유소 간판처럼 흔들린다

●내가 옳을까……, 내가 틀릴까?: 토킹 헤즈(Talking Heads), 「생애 단 한 번(Once in a lifetime)」.

머그컵의 반성

머그컵 속에 토끼가 산다면
당신은 동화를 읽어 줄 필요 없지
나는 토끼에게서 깔깔거리는 문장과
우울한 스토리를 배우지
당황한 당신은 입술 파란 책들의 모서리를 지우고

동화가 사라진 나라에선
낙타에게 모자를 씌워야 해
토끼에게 나의 부재를 말할까?
불안 장애를 앓고 있는 동화는
상업성 없는 당신과 폐기 처분
절판된 스토리에서 웃고 있는 문장은 지우고
부재인 주제에 먹고 마시고 교미하는
자연 그대로의 스토리는 성업 중

상자 속에 있는 양은 눈을 감는 게 미덕이야
머그컵 속 신분제는
묶인 발이 언 발을 걸어 넘어뜨리는
즐거운 나, 들이 살아
어떤 종류의 사실은

머그컵 하나에 여자 한 마리가
모자 쓴 낙타에게 새로운 농담을 배우고 있어
낡은 상상력을 반성하기 위해
잊어버리면 안 돼
토끼도,
나도 없다는 것을

왜 오늘 밤은 내일 밤과 다른가요

달을 한 바퀴 돌릴 때마다
차가운 귀 한쪽이 생기지
입김을 불어넣어 봐
건기가 지난 후에 꺼낼 수 있게
불길한 연애 같아, 출구도 없이
봄눈이 어린 유령의 발가락을 얼리네

잠이 온다고 말해야 하는데

신발이 신겨지지 않았어
손발이 묶여 식탁에 앉은 애인과
하얀 드레스에 피를 튀기며
서로의 표정을 뜯어먹었어
금방 썩어 버릴 비린내를
할짝할짝 혀로 핥았어
슬프거나 짓무른 밤의 포즈를
빨대로 힘껏 빨아먹었어

꽃처럼, 모가지를 똑똑 부러뜨리며 끝낼 수 없이 연애가 계속되었고

잔다는 것과 잠든다는 것은 정반대의 열정이었어

●잔다는 것과 잠든다는 것은 정반대의 열정이었어: 밀란 쿤데라, 『참을 수 없는 존재의 가벼움』.

베이컨식 색채와 언어의 대립

우리 최대한 죽은 척해 볼까
히스테리컬한 미소를 지어 보이고 빨강은
살아 있는 증인이 된다
죽은 척하던 우리가
비명을 그리면 입술이 지워지나
얼굴을 그리면 죽음은 힘이 세지나
공포는 새처럼 날아오르나
거세당한 고양이 발톱이 빨강을 할퀴면
생채기 난 한쪽 눈에서 빨강이 흘러나오고
바닥으로 흘러내린 그림자에서 빨강이 두근거리고
고양이와 마주 앉은 마음에서 빨강이 떠올라
소름 끼치도록 놀라운 죽음이 흩어지고 있어
공포가 아니라 부작용이 무서워
스테로이드가 문제야
무의식은 인류 소망의 기쁨과 관계없고
죽은 우리는
우리를 빠져나갈 수 있을 거야
벌린 입으로 목구멍으로
세면대로 최선을 다해 빠져나가는 비명은
몸으로부터 우리를 빼내는 안간힘이야

세상이 만들어지기 전의 아름다운 공포야
스테로이드는 부작용으로 언어가 되고
롤러코스트를 타고 추락할 때의 흥분처럼
드디어 죽음과 한편이 된 기쁨이 되지
그리고 빨강을 지워야겠어

게이와 채식주의자

휘파람을 배우고 수염이 자라고
보라의 두 번째 계절이 오는데
열다섯 살이었고 야채 같은 성욕이 부풀어 올랐다

난 그를 믿었지
겨드랑이에 카포시 육종이 생겼을 때
주머니에서 와르르 동전이 쏟아지는 것만 같았다

외면할 수 없는 사랑은 난폭해
게이는 채식주의자만큼이나 바깥이야
너였어야만 했을까
껴안을수록 캄캄한 이질감과
사랑하면 죽일 수도 있는 게 사람과 사람

식탁 아래 소문을 뿌리째 들어 올리면
아무 표정 없이도 그것은 우리의 가능이 되지
우리는 혀의 돌기처럼 까칠한 식탁에 앉아 있어

물방울이 체크로 변할 때까지
식탁보는 소문으로 어지러워

물병과 포크와 게이처럼 다른 이름으로 불리고 싶지 않았어

네 차례야, 그곳에서 나를 꺼내지 말아 줘
거울을 보며 네 접시의 토마토와 브로콜리에 열중해

비가 내린 날 오후
멸망한 나라의 이념같이 해가 뜨지 않았고
나의 죽음도 발견되지 않았다

뱀 같은 시간이 흐르고
거울 속 얼굴은 나를 외면한다
뒤통수를 보이며 나에게 묻는다

너는 무엇이었니, 나는
주검의 테두리에 거멓게 녹을 두르고
오랫동안 죽어 있을 이유가 되었다

살아 있던 모양과 상관없이
숲속 호수가 엎질러지고 나쁜 냄새가 났다

네가 살아 있길 바랄게
거울은 예전에 이 일에서 등을 돌렸어

깨진 거울 틈으로 나를 바라보던 얼룩이 있어
그러나 우리의 난폭한 고백은 여전히 아름다워

좋아요, 대답할 수밖에 없는 상황에 놓인

서로의 중독에서 깨어날 필요 없잖아 잠이 깨면서 떠오른 문장이에요 당신을 만나고 돌아온 밤은 악몽을 꿔요 마치 밤낮의 길이를 자로 재야 하는 것처럼 끝없이 늘어선 돌을 들춰요 꿈에서 나가고 싶니? 돌 밑에서 눈알들이 깔깔거렸어요 나는 눈알을 꾹꾹 눌러 죽일까 톡톡 터트리며 놀까 생각했어요 꿈에서 나는 쓸쓸했고 원형 탈모가 생겼어요 끝없이 생각을 반추하여 자신을 괴롭히는 마조히즘, 자살의 즐거움에 골몰하는 사람처럼 지옥에 있는 거죠 나는 결국 마스카라로 속눈썹을 치켜세우고 이방인의 식탁에 오른 나를 싫증 내기로 했어요 당신이 저녁 식사로 먹어 버린 양의 눈동자 같은 것이에요 서로의 중독에서 깨어날 필요는 없는 거죠 푸른 안대를 한 스킨헤드면 어때요 엉킨 시선을 맞출 수 있으면 그만이죠 그냥 재미로 연애를 하는 스타일이 이상형이에요 한쪽 눈알을 빼어 들고 신호등이 아이스크림을 빨면 어때요 단물이 뚝 뚝 떨어져 발 디딜 틈 없이 사이렌 쇼윈도 응급차가 피어나고 맨발의 레논이 텅 빈 눈구멍으로 윙크를 하면 어때요 구멍만 남긴 도넛 같은 간지럼이 빠지고 있는데요 꿈은 당신이라는 문장에 닿지도 않아요 눈알을 덮고 있는 검은 돌처럼 나는 늘어서 있는데요

문워크

나는 어떤 공간일 거야

식탁 아래로 떨어지고 있는 달걀과 곧 깨질 마찰력 중간 어디쯤
그 순간을 길게 늘이면, 그 안에서 당신은
시간으로 만들어진 것들을 벗고
물방울과 함께 날아다니겠지
바닥이 사라지겠지
물 한 모금 마시기 힘들고 발붙일 수 없는 황량한 곳이 되겠지
그곳을 사막이라 부를까 부조리라 부를까
웅변은 공허가 되고 판에 박힌 일상은 툭 끊어지고
식탁이라 믿었던 세계가 달걀이 되는
세이렌의 맨홀
당신이 헤매든 말든 이방인이 되든 말든
나의 공간은 아름다워
밀랍을 녹이는 노래가 식탁 위의 세계를 무너뜨릴 때
나는 앵무새처럼 눈을 가리겠지
환상은 필요 없어
뒤로만 미끄러지는 달의 잠에서

나도 나를 알아볼 수 없어 얼마나 즐거울까
내가 죽었다는 걸 비로소 이해하는 당신과

천년

꿈이 아닐지도 모릅니다
교수대에 달린 나는 아주 오래전부터 매달려 있었습니다
아마 자백하지 않은 정치범이었나 봅니다
살인 청부업자였는지 애인을 죽인 치정 살인범인지도 모릅니다
나는 긴 장화를 신고 청혼하러 가는 중이었다고 진술한 것 같습니다

정수리를 삭발한 수도사가 조과(早課)를 드리는 새벽 두 시의 종소리가 들립니다
올랭피아는 벌거벗은 채 잠이 들었고
매독에 걸린 자를 운반하던 가마꾼도 가마에 몰래 탄 정부(情婦)도
갤리선 노잡이도 죽음 같은 잠에 빠지는 시간입니다
날이 새면 머리가 잘릴 여왕님은 종소리를 들었습니다
매트리스 아래 완두콩 한 알 때문에 잠들지 못했던 때가 떠오릅니다

날이 밝으니 썩은 발가락 하나가 또 떨어집니다

처형대 위 여왕의 치마를 붙잡고 있던 사형 보조 집행인은
여왕의 머리를 끓는 소금물에 데칩니다
나처럼 광장 가운데 오래 걸려 있어야 하니까요
개 한 마리는 주인의 어깨와 목 사이 웅크리고 누워 온몸을 피로 적십니다
머리가 잘린 후에도 움직이는 여왕의 입술을 보았습니다

나도 입술 없는 입을 덜걱거리며
키스는 그저 키스이고 한숨은 그저 한숨일 뿐이라고
나는 캄브리아기 윤회층에 낀 신이었고
그냥 콱 죽어 버리고 싶게 가벼운 일회용 인간이고 싶었다고
말하고 있었습니다

드래그 퀸

당신이 거리에 서 있네요
건널목을 건너기 위해 하이힐을 신고
어쩌면 당신은 신발이 바뀌어 다시 불린 이름일지 몰라요
꽃이 아닌데 꽃이라 불러요
꽃을 꽃 아니라고 말해도 아름다워요

그러니까 그걸 사과나무 아래서라고는 말할 수 없었죠
이름을 지우고 낙원이라 부르고 싶어요
신의 기억을 찢고 싶어요, 이름도 모르게
당신의 마스카라 솟아오른 가슴 부푼 입술이
꽃이 빚은 경계를 무시해요

낙원이란 방에는 사랑일 수도 있는
반쪽만 남은 사과가 굴러다니고
일곱 개의 방에 양수가 차오르고 탯줄 없는 바지들이
사과를 먹고 사과를 게워요
나무 그늘 아래 낮잠을 자도 갈비뼈는 빼 가지 않아요
뱀과 딸기는 플라스틱으로 의미를 굳히죠

봄 지나고 겨울, 언제나 틀린 결말로 가고
피지 않는 꽃은 사람처럼 살기 위해 신발을 고쳐 신지
않아요
건너던 길에서 하이힐을 벗지 않아요
번식이 금지된 노래만 우글거려도
머리에서 꼬리까지 질게 반죽된 사랑도
처음과 달라진 이름도 공갈빵처럼 즐거워요

위로를 위한 거짓말

침대는 중요한 순간에 삐걱거린다
흥분이 존재하지 않는 낙원처럼
두 달 만에 한다 야한 영화를 보면서
목이 마른 건지 오줌이 마려운 건지
삐걱삐걱 소리는 감정의 정점 속으로 뒤섞인다
침대는 침대의 소리로
겨우겨우 한다

식탁 위에는 술이 된 포도가 있다
머핀에 박힌 초코 알을 손가락으로 빼 먹어야지
재즈를 듣고 바나나를 세어야지
개처럼 위로를 물고 흔들어야 눈물이 만져진다

속이 쓰리다 가스 불을 켜 놓았나
피식 웃음이 다가와 침대에 달라붙는다
한쪽 눈을 감고 쳇, 서글픈 표정이나 꺼내 볼까
애무는 햄버거 사이에 낀 토마토 조각 같았다
유리컵이 침대 모서리로 떨어진다
피아노 건반 오른쪽 끝 탁하고 건조한 음처럼
소리가 눕고 일어난다

빨리 차 빼란 말이…… 컴퓨터 세탁기 삽니……

너 없는 상자를 혼자 소유한다
침대를 조각조각 분리해서 감정을 빼고 다시 조립한다
상자 속에 감정을 뺀 흥분을 넣고 위로를 버리고
떨어진 유리컵을 다시 올린다
머리카락을 쓸어 올리고 리모컨으로 채널을 바꾼다

제2부

콜롬비아 버블

스팽글이 반짝거리는 원피스를 입고
히치하이킹한 우주선을 타고
나는 콜롬비아 커피를 마시려 하네
당신은 콜롬비아에 있고
'나 홀로 길을 가네'를 듣는데
엘레나의 귀걸이는
브로콜리가 룩셈부르크로 말을 달리는 것 같다 하네

커피 물은 끓고 당신은 콜롬비아에 있고
우주선에 얼굴을 비춰 보고 지나가는 폐기된 우주인들과
큰곰자리를 떠난 곰들이 유성우로 떨어지는 대기권 밖
네 평 반 원룸 같은 우주선에서

나는 창문을 열고 빨래를 널고
근육으로 만들어진 우주선은
멸종된 브로콜리와 엘레나와
콜롬비아에 있는 당신이라는 이미지와 상관없이
사라진 지구를 이천오백 번쯤 스쳐 지나고 있다네

쇼핑백과 공휴일

스웨터를 뒤집어 입은 여자는
사랑할 때 맥박 수를 알아
속눈썹을 숨 가쁘게 밀어 올리고
무의식적 욕망에 저항하는 척하지
뒤집힌 우산 아래서 헤어져 봤어?
금이 가는 말들로 건강에 해로운 엄마를 버티지만
지긋지긋한 상징 뒤에는 실재가 있다는 것도
사랑 다음은 썩은 고깃덩어리라는 것도 난 알아 엄마
엄마는 무척 개방적이야 핑거 스냅으로 지지를 표하지
우린 알람에 맞춰 사랑하면서, 딱딱 소리로 가득하고
사랑한다고 말하면서 엄마는 오벨리스크에 콘돔을 씌워
얼굴 없는 꽃들의 관능을 뒤집어 공포를 조장해
꽃다발을 들고 날아오른 애인의 생일날
현실은 환상이라는 것도 난 아는데
스웨터를 뒤집어 입은 불안한 엄마는
쇼핑백 속에 오늘도 고깃덩이를 낳고 있어
작은 지옥이 사회적 통념을 견디고 있잖아
엄마가 조장한 공포를 쇼핑백이 포장하잖아
랄라 즐거운 공휴일이 오면 날아올라
죽은 엄마에게 지긋지긋한 콘돔을 씌워야겠어

즐거운 생활

내가 사랑하는 그녀는
노랑 웨이브 머리에 커다란 헤드셋을 끼고
빨강 줄무늬 싹스에 끈이 풀린 구두를 신고
물방울무늬 허밍을 해요

내가 사랑하는 그녀는
맨발에 돋보기안경을 쓰고
피자헛 하이마트 이마트 세일로 가요
퍼펙트 학원에서 아침을 먹어요

창문은 즐거운 쪽으로 열려 있어요
그녀는 명랑한 소리로 깜찍한 새를 그리고
인터넷으로 이란산 석류 먹는 법을 뒤적거려요

각설탕 네 개를 넣고 커피를 손가락으로 휘저어요
조간신문 사이에 낀 하루를 종이비행기로 접어
눈발 속으로 날려 보내요

그녀는 날개를 퍼덕이며 이상적으로 날아올랐어요

징크스처럼 통증처럼

남도행 기차를 타고 있었다
우리의 밀어는 덜컹거리고, 포르노는 표현의 차원이지
신체와 내장의 내부까지 탐색한다는 거야
화장실 표시등은 왜 꺼지지 않는 거야
달리는 것과 달아오르는 것이 공존하는 공간 같아
뱀이 걸어 나오는 원형의 땅같이
뱀이 나를 꾀므로 내가 먹었나이다
이건 이브가 아담을 먹었다는 걸까
나뭇잎은 부끄러움을 가리는 것이 부끄러웠을지 몰라
육체는 벌거벗은 채로 보여지기 위해 만들어졌거든
나는 터널을 통과할 때면 재채기를 해
징크스처럼 통증처럼

화장실 앞 긴 줄이 출렁거리고
후로도 한참 동안 열리지 않는 문 뒤에서 들려오는 날숨소리

문이 열리고 후다닥, 저것들이
어린것들이
붉은 스웨터를 입은 뱀들이 흩어진다

•신체와 내장의 내부까지 탐색한다는 거야: 장 보드리야르, 『유혹에 대하여』.

아가(雅歌)의 정원

누구는 중독이라 말하고 누구는 완성이라 하는 밤이 문을 두드려요
나의 완전한 사람아 문을 열어 다오
꽃병에 물은 마르고 손가락에서 검은 이슬이 떨어져요
입가의 비린내도 속눈썹에 달린 기억도 희미해져요
배꼽에서 썩은 사과 냄새가 나요
유방은 알알이 떼어 낸 포도 줄기 같아요

이제는 문틈으로 손을 들이밀지 말아요
붉은 백합 피는 정원은 끝없이 지루했단 말이에요
악몽의 재료는 거침없이 뛰어다니고
우리의 거친 노래는 우물 밑바닥에 질병처럼 고여 있어요
왼팔로 머리를 고이고 오른팔로 안아 흔들고 깨우지 말아요
하얗게 깊어지는 벼랑을 누구는 상태라 하고 누구는 현상이라 말해요

누구는 출구라 말하고 누구는 틈이라 하는 미래를 아무도 말하지 않아서

시간은 죽음이 꽉 찼어요
발바닥까지 덮인 회색 망사 수의를 벗겨 가는 즉흥적 밤이
늙은 여자를 새로 내놓으려고 벌컥벌컥 사라지고 있어요
엉겅퀴 꽃은 나비에게 부정적이었어요

바나나 바벨

천 개의 달을 땄어요 당신은
따 놓은 달의 꼭지에 몰래 피어싱을 하죠
귀에서 입술로 혀로 구멍을 내는 당신을 멈출 수가 없어요
바닥을 기어 다니던 립스틱으로 겨우
달의 농담(濃淡)을 조절해요
잠이 토막 나 붉은 자몽같이 톡톡 터져요
뼈만 남은 꿈을 구겨 버리고 싶은 당신은
내 어지러운 뿔에 징을 박아요 통증이 반짝거려요

목구멍에서 가슴으로 배꼽으로 구멍을 내는 당신을 참을 수가 없어요
뚫어 놓은 구멍마다 면발 같은 지루한 잠이 푹푹 썩어가요 달은 즉흥적으로 태어나서 피같이 쏟아지고

눈썹을 밀고 비닐 드레스를 입어요
변기에 앉아 따분한 울음을 버려요
짝짝이 귀걸이를 달고 입들과 눈이 맞아요
루머는 치약 바른 비스킷을 나누어 먹고
형식이 다른 체위는 중독을 견뎌요

몬드리안 그림 속에서
투명하게 박힌 칼이 달콤하게 썩어요
천 개의 애인이 부조리하게 무르익어요

얼굴들

당신은 가면을 쓰고 빗속을 걸어 다닙니다
표정이 없으므로 불안도 없이
그러나 고개를 가로저으면 얼굴이 흘러내립니다
젖은 얼굴이 벗겨지고 가면의 입속에서 백 년째
막다른 길이 흘러나옵니다
나는 가면의 입을 틀어막으려고 해요
당신의 말이 만져지지 않았으니까
나는 다시 태어나도 쓸쓸해집니다
종이 빨대가 젖어 가는 동안
말은 전달 불가능한 것의 상징이기도 하고요
망고 주스와 비는 고정된 실재도 아닙니다
말의 바깥이 없어서 가면이 녹아내립니다
당신은 상황입니다
그러므로 가면은 여러 가지 가능성을 추구하는 장소가
됩니다
당신은 왜 할 말이 없어진 계절에
두 개의 얼굴로 태어나고 사라집니까
난 왜 자꾸만 이름이 바뀝니까
불안 뒤에 버려진 말들과 사귈 수는 없을까요

당신이 오기를 바라지 않고 기다리는 일이 가능해졌습니다

●당신이 오기를 바라지 않고 기다리는 일이 가능해졌습니다: 모니카 마론, 『슬픈 짐승』.

달걀 프라이 모자

그를 열세 번째 만난 날
눈부신 오후의 거리에서 그는
내게 물었다
당신이 누구였던가요?
나는 모자였다가
지금은 당신 손가락 사이로 흘러내리는 아이스크림입니다
달걀 프라이였다가 빵 조각이지요
물고기였다가 당신이 맛있게 빨아먹는 돌멩이
어제는 비였다가 내일은 웃음
밤엔 농담이다가 아침엔 퇴근 행렬이 되기도 하고요
유리병 속에 사는 새이기도 하지요
나에게 채식주의자
뭐 그런 구호가 따라다니기도 하지만
나는 어디서든 흘러내리기를 원하죠
가령 당신이 모자 위에 올려놓은 달걀 프라이처럼
어딘가 두고 영원히 잊어버린 미각
모자인 당신과 모자였던 내가
달걀 프라이가 올려진 모자를 쓰고 인사를 하면
그때야 흘러내리는 노른자위

어쩜 굳어 발등을 깨는 사소한 태도

눈에 보이지 않는

열네 번째 당신이라는 현실

●당신이 맛있게 빨아먹는 돌멩이: 사무엘 베케트, 『몰로이』.

엘리스와 박카스

큰일 났네, 엘리스는
핸드백 속에서 죽은 듯 눈 감은 시계를 꺼낸다
지하철이 덜컹거린다
쪼글쪼글한 시계를 보며
정말 유감이야, 입술 끝으로 가는 오후

이런 방식은 지루하지 않아
불 속에 사는 도마뱀처럼
껍질에 붉은 줄무늬를 새기는 치사량의 각성으로
차갑고 단단한 이명들

이제 눈을 감고 말해 볼까
암막 커튼과 침대 모서리에 대해
타고 있는 향초와 소주 한 모금에 대해
내 것처럼 전생처럼
수돗물처럼 쓰고 있는 죽음에 대해

미드나잇 하우스 규칙은
죽여주는 것
시간은 환상이었어

한 세계를 내다보는 뚜렷한 이마
큰일은 아니야, 이제는
잘해 주는 엘리스
손으로 죽이는 엘리스
죽고 싶어도 못 죽는 늙은 토끼는
시계처럼
깍지 낀 흑백처럼
죽여줬다

바그다드 편의점

꼬았던 다리를 풀어 어두운 시간 속으로 깊이 더 깊이,
꿈을 들고 다니는 여자
편의점을 털다 잡힌 남자랑 사귀고 싶어

연애는 아름다워도 될까, 부러진 손톱처럼
질문은 한없이 투명한 문장 같았고

어디로 가야 해? 얼굴을 지운 채
해가 뜨지 않아서
편의점 냉장고 안에서 폐기되는 시간들
없는 시간을 흘러가는 구름
연애는 아무 표정 없이도 끝낼 수 있다

나는 여자를 본 것도 같다
자른 사과의 단면에서
뚝뚝 떨어지는 통각들
서쪽으로 휘몰아치는 눈보라
옷장 속에 걸어 둔 여자의 빨간 치마와
압화처럼 묻은 속살의 감정
이미 겪은 일처럼 불안한 밤이 입을 맞추고

마침내 여자는 모든 증상으로

목을 맸다

언니네 이발관

거미가 줄을 타고 내려옵니다
장미는 시들고
언니가 이발관으로 들어갑니다
호르무즈 해협이 봉쇄되고
아홉 시 뉴스가 목이 마릅니다
거품 키스라고 말하고
언니는 빈총을 거울 뒤에 숨깁니다
거미는 줄을 타고 내려옵니다
어머나 이런 아기를 어디서 주웠어요?
불나방과 소시지가 노래합니다
스타성은 없었다니까
기타를 팔아야 리듬 앤 블루스와 잘 수 있지
거미가 줄을 타고 내려옵니다
사각 턱을 사과처럼 돌려 깎을까요?
귓불엔 가윗밥을 먹일까요?
어두운 데를 잘라 수척한 길이를 만들죠
손끝에 남은 냄새만큼 외로워야 할 테니까
거미가 줄을 타고 내려옵니다
풍선껌을 불어요
스웨터 속으로 넣기도 하죠

바람 빠진 풍선으로 섀도복싱을 해요
신음은 흘리지 마세요
얼룩은 눈물처럼 따라다녀요
누구도 죽이진 못해요
총알이 떨어진 지 오래되었으니까
언니가 거울 뒤에서 웃어요
날마다 이발관이 자라고 있어요
언니가 거미를 삼켰습니다
이발관이 언니를 삼켰습니다

제3부

거울아 거울아

날마다 바뀌는 달의 색깔을 그림으로 보여 줘 부끄러운 손은 감추고 쥐어진 칼이 애인의 목을 자르는 광기를 보여 줘 천지 사방 튀어 달아난 배반과 수치의 눈동자들과 네게로 통하던 피의 출구를 열어 줘 미로 속에 갇혀 버린 소름 끼치는 악몽이야 머리칼이 잘리고 눈이 뽑힌 종교를 버려 줘 당신을 사랑해서 무릎을 내어줬지 만개한 거짓말은 버려 줘 아비에게 겁탈당한 밤에도 떨어지지 않는 별들의 운행을 막아 줘 방금 지나간 모욕의 발걸음을 세어 줘 뚝뚝 침 흘리며 서성이는 안개를 껴안을까 까마귀가 자라는 뒷골목 위에 떠 있는 하늘을 낚아챌 거야 거울처럼 깨진 강을 건너가 내가 두른 서른한 겹 가죽을 벗겨 봐 네가 없는 마지막 표정 안에서 나는 티백처럼 얌전히 잠길 거야 전율하다 멀어지는 간헐적 밤이 될 거야 비에 젖은 발소리처럼 납작해질 거야 불법체류자 같은 시선 속에 사라질 거야 거울아 거울아 네가 얘기하지 않아도

만종(晩鐘)

1

새끼 늑대를 잡아 와
밥을 먹이고 사람 냄새를 묻혀 키우면
늑대는 개가 되어 늑대를 사냥한다

개가 늑대를 죽이고
늑대가 개를 죽이는
파미르고원의 눈밭
서로의 피 냄새가 서로를 연민하는 밤

2

갈치를 잡는 미끼는 풀치다
꽁치를 쓰기도 하지만 어린 갈치에 못 미친다
나중 잡힌 애비의 입에 먼저 잡힌 새끼가 걸려
가벼운 은빛 죄로 반짝거리는 밤

3

죽은 아이를 담은 감자 바구니 곁에서 두 손을 모은 부모
아이는 버리고 감자를 담은 바구니를 들고 집으로 온다
검은 새들이 저녁 종소리를 덮었다

진통이 시작된다
모든 밤이 뒤따라온다

기상 캐스터와 살인 해석

툭,
블라우스에서 단추가 떨어졌다
그러니까 대륙에서 섬 하나가 떨어져 나간 것처럼
면식범의 소행일지 모릅니다
입술 자국이 선명해서
날씨와 상관없는 지각변동이 일어났습니다
오늘이 이백삼십 일째야
기상 캐스터가 저글링하던 우울이
중력으로 떨어질 때
폭우로 고립된 마을이 늘어났습니다
사망 시각에
유라시아 판과 아프리카 판이 쩌억 멀어지고
편의점에 쌓인 택배 상자가 유일한 증거
화장을 고치고 현장을 떠난
기상 캐스터는 수면 부족으로 그 짓을 했을 거야
우주는 바깥이 없어서
시급 알바는 냉동고 안에 저장되고
고통을 관능화하면
언제 비가 그칠지 모릅니다
시급 알바의 언 손은

흰 공을 던지고 검은 공을 던지고
일기예보가 틀리면 좋겠어
거짓말탐지기처럼
툭,
두 번째 얼굴이 떨어지고

통영

우리는 횟집에서 매운탕을 먹고 헤어졌다
밖은 이미 어두워졌고 돌아갈 길은 멀었다
폐암 말기였다 둘째 형은
가진 게 없어 늘 목소리가 컸다
담배를 물고 생선을 다듬고 담배를 물고 형제와 싸웠다

화장(火葬)을 하는 동안 비가 내렸다
나뭇잎들이 가지 쪽으로 죽을 듯이 달라붙고 있었다
국밥을 먹고 아이스커피를 마시고
앞머리에 헤어롤을 달랑거리는 조카딸이 날씨를 투덜거렸다

김해에서 통영으로 뼛가루를 가져갔다
강원도에서 죽은 셋째 형도 뼛가루만 돌아왔다
셋째는 다리 위에서 바다로
둘째는 원동면 할아버지 묘 아래 뿌렸다
가루가 날려 입으로 눈으로 들어왔다

각자의 습관대로 침을 뱉고 코를 풀기도 하면서
어둔 횟집 앞에서

발뒤꿈치로 담배꽁초를 밟아 뭉갰다
죽음은 죽지 않아 영원하다는 생각을 했다

페나 카피탈레

사형집행인은 등잔에 기름을 채우고 탄 심지를 무딘 가위로 손질한다

목이 베어지던 순간
그의 입에서는 주르르 침이 흘렀다
부릅뜬 눈으로 비명을 질렀으나
칼날은 그의 비명까지 깨끗하게 잘라 냈다
사형집행인은 등불을 들어
바닥에 떨어진 머리를 바구니에 담는다
그의 공허가 피비린내 위에 떠 있다
죽음까지 파고드는 불빛을 들고 지하 감옥에서
베어진 머리가 올라온다
몸이 없어 절망도 없는 그는 지상과 헤어졌다

사형집행인은 아침상을 마주한다
그의 눈빛이 술병에 담겨 있는 것 같아
숟가락을 움켜쥔 손이 떨린다

불빛도 없는 식탁엔
나이프 야구공 깨진 접시 노트북 고무장갑

그리고 그 사람들이 의자도 없이 앉아 있었다

•페나 카피탈레: 범인의 목을 가져오면 상금을 지급하는 형(刑).

옐로우 키친

1

난 흡혈귀를 봐요
내가 부엌에서 아기를 낳는데
엄마는 머리를 발로 찼어
아빠의 두 번째 아이
나는 붉고 긴 스카프를 손목에 감고 다녀요

2

다리와 가슴과 목으로 절단하고
양념 반 후라이드 반으로 절실하게 나눈 건 엄마 아빠의 취향
나는 부위별로 나뉘어 냉동실에 있을게요
이런 신화는 흔하니까
가만히 숨죽여 있을게요
오토바이 소리 들리네요
혹시 슬픔이 있다면 가슴살을 치면서 드세요
그러니까 아빠, 그것을 키친이라 하나요?

3

꽃병을 새로 샀어요
열두 개의 의자를 마련하고
핀란드식으로 살게 하려고
자작나무같이 하얀 뼈를 꽃병에 꽂으면
의자에는 초록빛 유령들이 앉아서
까마귀 같은 환부를 가진 아이가
태어나길 기다려요
두께를 가늠할 수 없는 흑야의 내장을
구워 먹어요

4

스카프를 목에 감은 유령이 올 때도
이건 치킨이야 가르쳐 주는 유령을 만날 때도
의자는 늘 붐비고
흰 뼈에 자작나무 잎이 싹틀 때까지
부엌에는 해가 뜨지 않았어요
아 참, 가방 속에 갇힌 사과는 예쁘게 썩었을까요

고모

목욕탕 건너편 신작로 옆에 고모는 살았다
남자도 없고 아이도 없이
말라 버린 우물처럼 고모는 처음부터 늙어 있었다
사흘이나 닷새에 한 번 술에 취한 고모가 뜨면
정당샘 가에 살았던 우리는 미모사 잎처럼 오그라들었다
아침이나 저녁이나 휘청거리며 와서는
귀가 먹어 어눌한 발음으로
자신의 아랫도리를 치면서 아우성쳤다
신발로 땅바닥을 치며 울고
칼을 들고 죽겠다고 위협하기도 했다
그런 고모는 사촌의 아들 하나를 겨우 양자로 삼고 돌아가셨다

고모는 외상후울분장애를 앓았었다고

고모는 위안부였다
한참 동안 난리를 치고 돌아가는 고모는
모계를 잃은 발을 끌고
난청을 비추는 시커먼 거울이 있는 방으로 돌아가

악귀 같은 어린 군인에게 끝없이 빰을 맞다가
맞다가맞다가맞다가…………

겨우 죽었다

물을 걷는 달

애인은 서랍 깊은 곳에서
시계를 꺼내어 귀에 대보고
가파른 시계 소리에 소름 돋은 무릎을 기댄다
기차는 떠나고 애인의 입술은 마르고
금이 간 표정을 가진 새들은
느리게 기차를 쫓는데
나는 밤의 허리를 가진 자루를 열어 놓고
욕조에서 자라는 물의 눈이
잠으로 흘러들게 한다
잠 속에 돌아온 애인은
얼굴이 없고 가슴에는 구멍이 뚫려 있다
나는 애인을 안고 물풀 사이에 누워
불안한 성교를 생각한다
아직 태어나지 못한 애인들은
표정 없는 달을 걷고
물속에서 우리는 사막을 건너온 달이
다시 태어나기를 기다린다
물뱀처럼 차가운 심장을 가져요
구멍 뚫린 가슴에 그믐달의 윤곽이 시리다
일기예보는 새들의 전생까지 비가 내린다 하고

물속에서 나는 입을 벌리고
가장 춥고 오래된 눈을 받아먹는다

교수(絞首)

나는 서쪽 하늘을 목에 감고 낙관주의자처럼 흔들릴 것이다
새들은 혀를 찢는 바람을 물어 나르고
나뭇가지에는 부러진 까마귀 발톱이 무성히 자라겠지
나를 둘러싼 노을은 붉은 체온을 빼앗아
구겨진 종이가 얼굴을 후려치는 대기와 입을 맞추겠지

물고기 입술을 가진 여자와 처음 마시던 포도주 향기가 귓속에서 흘러나올 거야
묘석처럼 튀어나온 심장에서 종소리 그치고
권태로 쳐진 손을 들어 올릴 마음도 없이
목에 감긴 불붙은 하늘을 풀어낼 생각도 없이
흔들리는 발 그림자에 꾸들꾸들 말라 가는 눈빛을 맞출 거야
꼿꼿이 선 채로 생각에서 이탈된 뇌를 지우고 나면
그녀와 누웠던 밤하늘도 재로 날리겠지

결정을 서두를 것이다
새벽이 와서 나를 모른다고 하기 전에
어둠은 누군가를 기다리던 일을 끝낼 것이다

당근 마켓

한 마리 혀를 샀다

얘야 아이스크림이 먹고 싶구나

혀에게 아이스크림을 스물아홉 가지나 사 줬다

다음번엔

엄마가 팔아먹은 아기 머리와 손목을 살게요

저녁을 쏘다

누군가 죽고 식사가 시작되었습니다

어느 학교 동창이었는지
그전엔 한 둥지 속 개개비 새끼들이었는지도 모를 몇이
달빛 아래 찬 고기를 먹습니다
그러니까 얼굴도 모르는 동기, 동창들이 백오십 년 만에 만나
서로의 눈구멍에 말라붙은 손가락을 넣어 봅니다
옛날엔 정말 아무 일 없었던 것처럼
마른국수 가락 같은 기억은 뚝뚝 끊어집니다
흰 뼈를 어디다 세울지 물어 오는 친구도 있지만
곰팡이 핀 눈길들만 어둑합니다
죽은 동백나무에서 꽃을 따 머리에 꽂고
전동 칫솔 같은 소리로 노래를 합니다
나의 뼈들이 흔들립니다
다 해진 수의를 들추고 늑골 사이
남아 있는 살점을 떼 내어 서로의 입속에 넣어 줍니다
기억도 없으면서 이름을 부릅니다
당신과의 관계를 알아채겠습니다 이제,
이승의 바닷물이 마를 때까지

내 살을 절여 두겠습니다

달빛이 엎어져 마른 술잔에 가득한데

백오십 년 뒤 다시 만나면 그땐,

내가 저녁을 쏘겠습니다

내내 즐거운 밤이었습니다

카이만

우기의 아침 식사는 악어 수프
아우카족은 밤새 사냥한 악어를 먹는다
껍질째 불에 그을려 끓인 악어가 아우카의 핏속으로 들어온다
악어 밥이 된 조상의 발가락이 악어 이빨 사이에 끼어 있고
드물게 증오는 비처럼 내리고

거울을 보며 이빨을 닦는다
나를 위해 거울은 늘 건기의 습성을 가진다
육식의 본능은
거품을 물고 허옇게 눈을 뒤집고
두근거리는 심장은 빈약한 학명 속에 가두고
나의 바람은 수만 번의 교배를 거쳐 초식화된다
그러나 손등을 핥으면 포유류의 젖 냄새가 나고
습지의 바람 속에서는 아직도 비명이 들린다

잠이 오지 않았다
이 사이로 시큼하게 밀고 나오는 증오를 참을 수가 없었다

입안을 맴돌던 눈알들이 꿈으로 들어와 어떤 진화를 하였는지
거대한 목구멍을 넘어가던 아우카족 어린 사냥꾼은
어느 사슬에 엮여 나를 결정하는지
기억이 나지 않는다

아직 오지 않은 증오는 검고도 붉은 식욕
서로의 입속에 뼈와 살을 찢어 넣는 습성은
뜨거운 국솥에서 무엇이 될까
우기의 밤에 사냥감의 눈빛에서 나던 냄새가
푸줏간에 걸린 생고기처럼 흔들린다

리얼리즘과 타란티노

입술이 갈라져 피가 난다
응급실 구석으로 내쳐진 새벽 세 시의 나는 아직
온기가 남아 있다

공원묘지를 나오다 접촉 사고를 냈다
담배를 물고 사진을 찍고, 가로수 아래를 지나가는 유령들
그가 내민 명함이 바싹 말라 부서진다

영화처럼, 검은 양복 검은 선글라스 남자와 사라지고 싶었지
갱스터의 여자가 되어 찢어진 살도 꿰매고 피 묻은 옷도 태우고
화면에 펼쳐지는 스토리처럼 살다가
비틀이나 비글로 이름을 바꾸면
이번 생에서 숨어 버릴 수 있을까

총 맞은 사람은 얼마나 많은 피를 흘리는지 알아?
개처럼 헐떡이지 목이 말라 혀가 부서지지
영혼까지 피로 물들어 카타르시스를 느끼다가

엔딩 크레딧은 올라가고
온몸에 흐르는 피를 감춰야 하는데
검은 남자는 화면 속으로 사라지고
피 흘리는 나는 화면 밖으로 던져진다

응급실 구석에는 강박처럼
바닥을 드러낸 주검까지 상영되면서

●총 맞은 사람은 얼마나 많은 피를 흘리는지 알아?: 쿠엔틴 타란티노, 「저수지의 개들」.

소녀들

꽃은 상하기 쉬우니까

음란한 새들처럼

문을 닫고

불을 끄고 기르고 싶은 손가락에 먹이를 줘요

피에타

저 불빛에 누가 긴 빨대를 꽂을까요 수몰 예정 지역에는 폭설이 예보되어 있고 어젯밤에도 우리가 배운 것은 희망을 갖지 않는 법입니다 우리는 마지막 한 끼를 위하여 고기를 굽습니다 자스민 차를 우리고 당신의 허밍은 별사탕처럼 간지러웠는데 왜 그랬을까요 노래를 보지 않으려고 당신은 새를 죽입니다 죽은 새를 건져 올리는 장면에서 어떻게 너를 잊겠어는 실패를 완성하는 말입니다 폭설의 시작이 구원을 위한다는 말과 멀 듯이 우리의 방은 검은 양의 모피처럼 어둡고 바구니에는 짝짝이 양말만 가득합니다 빛이 새지 못하게 손바닥의 구멍을 메울까 봐요 물에 잠기고 눈에 묻힌 도시가 늘어나고 그곳에는 늘 구원이 예정되어 있었습니다

호모 사피엔스

연이틀 주먹 같은 눈발이 날리고 있다

어둠을 몰고 술집으로 들어선 사내들
연탄불 주위로 모여 앉는다
불 위에 손을 부비며 굳은 관절을 푸는 동안
넥타이를 붙잡고 있던 목숨들 잠시 느슨해진다
연탄불은 더욱 붉어지고
젖은 그림자 내려놓지도 못하는 사내
삼키지 못한 말들의 돌덩이가 술집을 가득 메운다
문밖에는 아직도 으르렁거리는 어둠이 남아 있다

이백만 년 전부터 밤이 오고
함정처럼 깊은 술집에 웅크리고 앉아
불을 피우고 고기를 씹는 호모 사피엔스
늦은 밤엔 돌이라도 다시 갈아
또 다음 생을 준비해야 하는 사내들이
컴컴해져 가는 불빛을 바라보고 있다

넥타이를 걸어 둔 벽 속으로 빙하기가 오고 있다

제4부

디어 마이 프렌드

청동 사천왕의 열린 배 속에 부처 머리가 있다
눈을 부라리고 입을 크게 벌린 사천왕이 부처를 먹은 것 같기도 하고

반쯤 뜬눈으로 배 속에서 어둑하게 밖을 내다보고 있는 부처가
사천왕의 배를 열고 들어간 것 같기도 해서

마지막으로 인사하세요, 만져 보시고
냉장고에서 꺼낸
식은 아버지
죽음을 먹고
입은 크게 벌리고 눈은 감았네
죽음은 아버지 입속에서
유정하게
우리를 내다보는데

베이컨식 오월

정육점 앞에서 개가 코를 땅에 박고 피 냄새를 찾는다
정육점 안에는 머리 잘린 소가 걸려 있다
워낭 소리가 문틈으로 빠져나간다
네 개의 다리가 정육점 안을 차고 누르고 밀어낸다
개가 코를 바짝 대고 안을 들여다본다
검은 장갑을 낀 남자가 검은 우산을 들고
혓바닥을 빨며 기억을 지워 간다
검은 정장을 입고 검은 이빨을 드러내 웃고 있다
남자는 우산으로 소를 찌르고 가른다 그림처럼
튄 피가 벽에서 흘러내린다
초상화 걸린 미술관 벽이 웃는다
피를 피하려 남자는 검은 우산을 편다
남자가 웃을 때마다 소들이 쓰러진다
숨소리도 비명도 남기지 않는 전문가가 된다
포크를 나이프를 바다를 썰어 먹는다
소 의자에 앉아 남자는 잇몸을 드러낸 기계가 된다
썩은 오줌 냄새가 산탄총 탄환처럼 흩어진다
예측 불가의 명령들이 태어나고 죽음을 소비한다
비는 내리고 소는 갈비뼈를 드러내 밖을 본다
죽은 소가 잠든 시계를 깨운다

개는 침을 흘린다 비를 피하면 피가 따라온다
광주에는 비가 너무 많이 내린다

Soloist

거세당한 고양이를 데리고 침묵하는 신이 늘어났습니다 당신은 내 아버지입니까 아버지는 창세기부터 무릎이 낡아 가는 중입니다 낡고 닳아 구멍 숭숭한 바지는 구름 속으로 날아갔다고 21세기 찌라시가 중얼거립니다 다음 세기 비행기 조종사는 고양이입니다 거세당하기 전입니다 힘의 시간이죠 천천히 늘어나고 있는 구름 같은 마시멜로가 땅으로 떨어질 아버지를 지켜보고 있었습니다 식욕은 두려운 종교입니다 빵을 위조하는 사건들이 착륙하겠습니다 방향감각이 혼란스러워 윌리웡카베이터가 이 도시의 지도자입니다 비둘기에게 먹이를 주듯 두 줄 바이올린을 켭니다 오염된 터널의 심장이 두근거립니다 아버지는 저 벽 뒤 하늘에 구멍을 파고 있어요 배고프고 목말라 하죠 가치관이 다른 걸까요 내 소원은 바이올린 두 줄을 더 갖는 것이고 불법체류자의 담배꽁초는 터널의 표정을 더럽힙니다 우리는 그림자를 노랗게 칠하고 베토벤 교향곡 3번 리허설을 합니다 그런데 물병자리만 한 바지를 끌고 가는 아버지의 섭리는 영원히, 아버지의 것입니다

•Soloist: 조 라이트, 「Soloist」.
•윌리웡카베이터: 로알드 달, 『찰리와 초콜릿 공장』.

벤자민 버튼의 시간

아무것도 오지 않아, 다 드러난 일이야
소매를 길게 늘어뜨리고 살아 있는 사람처럼
눈 속에 있는 물을 다 퍼내고도 당신을 닫지 못했어

나의 모래시계는 나무 위에서 오래 뛰어내려
분홍 고래도 상투적 환상이야, 견뎌야 할 고문처럼
물기둥 같은 숨을 떼었다가 붙였다가 등에 가시를 박았다가 뽑았다가

어두운 숲에서 나무를 베어 마른 땅에 세우고
소매 긴 시간은 물 같은 당신을 나무에 매달았지

가끔은 밤과 아침을 여닫는 소리를 듣기도 하면서
누군가는 나뭇가지를 똑똑 부러뜨리며 숫자를 세기도 하지만
숫자는 신의 낡은 비유이기도 해서
나는 죽은 나무를 불태우러 숲으로 가지
마술사처럼 배후가 없는 이교도처럼
뒤집어진 셔츠의 팔을 흔들고 꽝꽝 망치질을 하고 싶어
아무것도 오지 않는 과거를 오래오래 못 박고 있어

우리들의 천국

담배 연기는 한쪽 눈을 찡그리게 해

우리는 오프라인에서 눈을 감고 만나기로 했다 눈을 감았으므로 우리는 아무도 아니었다 그녀가 혹은 그가 단추 떨어진 블라우스를 입었는지 짝짝이 구두를 신었는지 알 필요도 없었다

찡그린 삼월과 오월 사이 유리 꽃잎이 날리는 날 나는 왼쪽 손을 들고 모임에 갔다 나는 나의 벌어진 앞니에 대해 이야기했다 온몸에 박힌 유리 꽃잎 얘기는 하지 않았다
한밤 편의점 알바를 하는 그녀는 흐린 유리창을 버려진 가면으로 쓱쓱 문지르면 비밀이 묻어난다고 했다 짐승 같은 새벽은 개의 귀를 세우고 있었다고 했다

그 아이의 이야기를 듣기 위해 우리는 비닐 모자와 비닐장갑과 비닐 마스크를 썼다
피 묻은 배냇저고리는 세탁기에 돌렸어요 침대에서 바닥으로 던졌어요 팔을 펴지 않는다고 부러뜨렸어요 태어난 지 삼 개월 되었을 때였고 사망진단서를 위조했어요

우리 모두는 비닐 모자와 비닐장갑과 비닐 마스크를 벗고 그놈에게 죽임당한 비밀을 얘기했다

모두 한쪽 눈을 찡그리며 담배를 폈다 그놈처럼

호모 아르텍스

마지막 전동차가 터널로 들어간다
부러진 손톱, 얼룩으로 더러워진 손이
전동차 의자에 널브러져 있다
짐승의 주린 배 속 같은 소리를 지르고

동굴은 접혔다 펴진다

그는 햇살이 동굴 벽을
볼록하게 만지고 지날 때를 기다린다
마른 뼛조각으로
놈의 심장이 뛰게 하고
살찐 뒷다리가 벽을 차고 튀어 오르게 해야 한다
벽에 붙은 놈을 향해 주술사는 춤을 추고
사람들은 창을 던질 것이다
더 크고 살진 놈의 뒷덜미에 창을 꽂아
주린 배를 채워야 한다

부르르 배터리 진동이 창끝처럼
마른 옆구리를 찌른다
오늘 그는 놈의 눈알을 돌려주었다

터널을 빠져나온 전동차가
마지막 역에 닿고 있다
문이 열리고

동굴 벽의 붉은 소 떼가 그의 뒤를 따라온다
낡고 때 묻은 검정 윗도리가 축 늘어진 후생을 다 가리지 못했다

녹턴

백건우가 피아노를 치네
스물서넛 할배 할매
늙은 개 두어 마리
섬마을 폐교 운동장에서
하릴없던 양귀비꽃이
변소 벼르박에 그린 노란 눈 염소가
말라 가던 미역이
귀를 세우고 쇼팽을 듣네

마요르카섬을 울리는 바람 소리
상드의 치맛자락에 스치는 밤공기
찻물은 끓어넘치고
올리브 잎에 떨어지는 빗방울 소리를
쇼팽이 듣네

달빛이 밤바다에 물수제비를 뜨면
내 지하방 천장에 물방울이 박혔네
누워도 누워도 낮은 방은 감귤처럼 뭉그러져
꿈속까지 얼룩이 번지고
지하방은 아편 먹은 유령선처럼 떠돌고

나는 떨어진 별이 굴러다니는
소리를 들었네

올리브 잎에 떨어진 빗방울이
피아노 위를 구르네
폐교 위를 지나가던 구름이
꾸덕꾸덕 졸던 바다가
섬 곁으로 헤실헤실 다가와
시간의 결이 멈추는 풍경을
듣고 있네

플랫랜드

늙은 나와
더 늙은 내가 누워 있다
더 가깝기 때문에 닿지 않지만
네가 있어 밤도 좋아
항아리 감이 퍽퍽 떨어진다
불을 끄면 비닐 장판에 하늘이 눌어붙는다
나를 어디에 묻을까
나비 무늬 벽지와 날갯짓 사이
밤과 감잎 사이
마지막은 말이야
더 가깝기 때문에 멀어지는 거야
엄마 같은 울음이 바닥에서
떨어지지 않는다
절집 개가 컹컹 짖고
이런 투명한 밤은 처음 보아
바닥엔 온통 종이옷 종이신
종이 인형으로 새로 태어난 나는
이마를 물처럼 바닥에 대고
나를 펼친다
조금만 더 앉아 있다

눌어붙은 하늘을 떼 내어 더 늙은
나를 묻는다

오늘의 날씨

끝은 아무것도 없는 것일까요

커튼을 닫고 재즈를 들어요
안개는 오후가 되어도 물러서지 않아요

사랑한다는 거짓말은
자꾸 재발하죠

푸딩 좋아하니?

언어를 배우지 못하고 사랑할 수 있을까요
긴 발음을 할 때 호흡은 흩어지게
그냥 두세요

쳇 베이커 좋아해?

앵무새와 박쥐 중 고르세요, 그거야 당신의 꿈이지만
꿈은 사적인 신화래요
비관주의는 당신의 감정인가요

지금 막 죽은 사람의 귀신과 함께 있어요
우리가 만날 때마다 눈이 왔나요
그때는 틀리고 지금은 맞았나요

블랙 좋아해?

가자미가 말라 가네요
비는 오지 않을 거예요
모두가 사라지고 공간마저 없어지면

그때도
당신의 날씨는 어떤가요

•그때는 틀리고 지금은 맞았나요: 홍상수 감독의 영화 제목에서.

고래몰에서

호우경보가 내렸습니다
널 사랑하지 않아 그런 고백을 들을 준비가 되었는데
옆에다 세울 수 없는 것들이 문을 열고 나갔습니다

우리는 어디쯤에서 웃었을까요

토마토를 익히던 싱거운 과묵이 개 꼬리를 흔들어 줍니다
'사랑해'는 얼마나 많은 빗소리를 포함하고 있을까요
모든 것을 탕진한 하루가 또 야반도주하는 발소리를 따라갑니다

마저 보내야 할 울음이 남아서 사과는
찢어진 가지에 열리고
이 사이 고이는 시큼한 시취(尸臭)를 머금고
길고 지루한 죽음과 마주합니다

나갔던 것들이 돌아오지 않는 아침입니다
서 있는 것들은 부끄럽지 않을까 봐
쉽게 잊혀졌습니다

알츠하이머

자고 일어나면
손바닥에 동그라미를 그리고
그 속에서 새를 꺼낸다
새를 묶어 줄 위에 세우고
새 옆에 나를 세우면
나는 사물의 표시가 된다
다음 날은
동그라미로 새장을 만들고 나를 넣는다
너의 환상이 사라지고 조용해지는 세계
상실의 기술은 어렵지 않아
햇살 야구공 기린 아침밥
눈은 귓속에 허파 속에 늑골 사이에 놓은 것 같은
감각을 해방시키는 거야, 꿈을 실패하는 거지
치약으로 거울을 문지르면 얼굴이 지워진다
수치가 매달려 있던 얼굴은 낯설어지고
결국 내가 잊어버린 사람들이 나를 읽겠지
나를 기르던 새장을 내가 잊어버리지
파란 물로 얼굴을 채우면 좋겠어
얼굴에서 뚝뚝 떨어지는 파란이 창궐해서
나를 지우고 나를 뽑고 쓸어 버리면

손바닥에 그린 동그라미가 뚫릴 거야
뚫린 구멍 속으로 새가 들어가고
나인지도 모르는
새 옆의 그 사물이 밤의 복도처럼 들어갈 거야

해설

호모 아르텍스, 예술하는 주체의 미적 가능성

이병국(시인·문학평론가)

1.

김혜선 시인의 시를 따라 읽으며 여기에 이른 당신은 이미 묵직한 삶의 무게로 인해 감당하기 버거운 어떤 감각을 경험했을 것이다. 죽음을 경유한 문장은 세계에 대한 시적 재현을 넘어 재현적 인식 모델을 파괴한 지각을 다른 위치에 놓음으로써 삶을 다르게 바라볼 수 있는 각성의 탈주를 유도한다. 시인의 시작 행위는 푸코(Michel Foucault)가 이야기했듯, 말 잘 듣는 신민에 불과한 근대적 주체를 죽이고 그 낡은 도덕적 주체의 주검으로부터 새로운 주체, 스스로를 능동적으로 구성하는 미적 주체이자 예술적 주체로의 시적 모험을 감행한다.

이를 좀 더 숙고하기 위해 경유해야만 하는 지점이 있다. "술집 마그리트"에 모인 "실패한 혁명가들"이 "머리가 잘린 줄도 모르고/모자를 어디에 씌워야 할지 당황하다/서로를 버린" 지점에서 시작해 보자(「행성 마그리트」). 시인은 "머리가 잘린" 존재들을 마그리트(René Magritte)의 그림을 전유해 제시한다. 르네 마그리트는 데페이즈망(dépaysement) 기법으로 현실을 재현하기보다는 낯선 사물의 병치를 통해 은유의 각성을 유도한 화가이다. 창 너머의 현실과 그것을 재현한 화폭의 병치를 통해 실재와 모사를 구분하는 시선의 허위를 고발하고 재현된 세계를 깨뜨리거나 낮과 밤을 공존시키는 등 가시적 세계를 중첩하고 확장하며 또는 고립시키는 방법으로 '역설과 전복'을 가능케 하는 미학적 시도를 수행하여 예술을 이해하는 사회적 통념으로부터 탈주하려는 사유 체계를 정립하였다. 흥미롭게도 김혜선 시인은 이러한 마그리트적 수행 주체를 "거꾸로 매달"고 "실패한 혁명가"로 간주한다. 그 이유를 상상해 보자면 아마도 "새로 발견된 행성에 마그리트라는 이름을 붙이는" 그 명명의 태도에 있는 것인지도 모르겠다. 주체는 세계를 다르게 재편하고 싶지만 옳고 그름에 관한 판단도 하지 못한 채 자신이 가진 권력을 바탕으로 잔지바르 섬에서 노예를 사고팔며 타인을 배제한 힘의 논리만을 숭배하고 있기 때문이다. 당연하게도 마그리트의 그림들은 그러한 존재들을 비판적으로 그려 내고 있다. 다만 그것을 향유하는 이들은 마그리트가 수행한 것을 자기 나름으로 해석하고 변주함으로써 힘의 위계를 혁명의 토대로 삼았기에 실패할 수밖에 없는 것이다. 그러므로 김혜선 시인은 세계를 이끌어 가는 주체가 지식-권력의 함수와 그 담론의 효과에 안주하고 있는 것을 비판하고 미적·윤리적 삶을 실천할 새로운 주체의 가능성을 모색한다.

이를 위해 시인은 또 다른 화가를 언급한다. 그는 프랜시스 베이컨(Francis Bacon)이다. 베이컨은 실존의 비극으로 인한 고통을 기괴하게 일그러지고 변형된 육체와 단순한 색채로 그려 낸 화가이다. 김혜선 시인의 시편들에서 접하게 되는 죽음과 피, 비명과 그로테스크한 몸의 변형을 베이컨의 그림과 중첩하여 읽어 낼 수 있는 것은 주체에 관한 기존의 관념으로부터 벗어나 다른 위치에 '나'를 놓음으로써 강한 부정의 정동을 가능케 하는 데 있다. 「배우 수업」에서 '나'로 하여금 "쓰레기봉투가 돼 보려" 하거나 "흡혈귀 같은 이성의 명령에 복종"하며 "점"이 되어 보기도 하고 "양심을 무신론적으로 부재화"하기도 하는 한편 "자폭"과 "절단"하는 행위는 "다른 생으로 바꿔 타 보려" 시도하는 것처럼 다른 위치에 '나'를 놓음으로써 세계가 요구하는 주체의 자리로부터 탈주하여 '자기의 테크놀로지'가 가능한 미적 주체의 삶, 또는 예술적 완성이 가능한 존재의 미학을 수행하는 태도라 볼 수 있다.

2.

김혜선 시인이 재현하는 '나'는 죽음을 바탕으로 '나'를 전유하는 것이 아니라 '나'를 포기함으로써 획득된 주체이자 고통을 감각하는 부정의 정동으로부터 실재의 얼굴로 다가오는 타자를 내면화한 주체이다. 그것은 "토끼도,/나도 없다는 것"을 분명히 함으로써 "낡은 상상력을 반성하기 위해/잊어버리면 안" 되는 사유로 나아간다(「머그컵의 반성」).

우리 최대한 죽은 척해 볼까
히스테리컬한 미소를 지어 보이고 빨강은
살아 있는 증인이 된다
죽은 척하던 우리가
비명을 그리면 입술이 지워지나
얼굴을 그리면 죽음은 힘이 세지나
공포는 새처럼 날아오르나
거세당한 고양이 발톱이 빨강을 할퀴면
생채기 난 한쪽 눈에서 빨강이 흘러나오고
바닥으로 흘러내린 그림자에서 빨강이 두근거리고
고양이와 마주 앉은 마음에서 빨강이 떠올라
소름 끼치도록 놀라운 죽음이 흩어지고 있어
공포가 아니라 부작용이 무서워
스테로이드가 문제야
무의식은 인류 소망의 기쁨과 관계없고
죽은 우리는
우리를 빠져나갈 수 있을 거야
벌린 입으로 목구멍으로
세면대로 최선을 다해 빠져나가는 비명은
몸으로부터 우리를 빼내는 안간힘이야
세상이 만들어지기 전의 아름다운 공포야

스테로이드는 부작용으로 언어가 되고
롤러코스트를 타고 추락할 때의 흥분처럼
드디어 죽음과 한편이 된 기쁨이 되지
그리고 빨강을 지워야겠어

—「베이컨식 색채와 언어의 대립」 전문

베이컨의 그림들을 보면, 대상화된 존재의 형상은 평범으로부터 벗어나기 위해 돌발적이고 자극적인 방식으로 변형된다. 그것은 고통을 감각하는 주체를 재현하며 이를 통해 "아름다운 공포"를 경험하게 하여 존재를 뒤틀어 스스로를 변형의 구조 속으로 내몬다. 뒤틀린 몸에서 비롯된 "빨강"은 생명에의 위협을 반복적으로 형상화하며 불길함의 방어 기제로 작동시킨다. 방어 기제는 고통스러운 경험과 기억을 통합시키지 못하게 하며 프로이트가 말한 '억압된 것의 귀환'처럼 주체를 불완전하게 만들어 불안의 상태에 처하게 만든다. 이는 마치 "카포시 육종"처럼(「게이와 채식주의자」) 우발적 사건으로 돌출되지만, 그 자체로 이미 본질적인 삶의 편린을 제시하는 효과를 지닌다. 자가면역질환을 야기하는 '스테로이드 부작용'은 감염에 대한 저항력을 상실케 하고 스스로를 파괴하여 "추락할 때의 흥분"으로 "죽음과 한편이 된 기쁨"을 전유한 저 "빨강"의 색채와 만나 논리적 언어로 구축된 주체를 되돌아보게 한다.

"아름다운 공포" 또는 아름다운 파괴의 양태로서 발견되지 않는 '나'의 죽음을 기괴한 조합으로 제시함으로써 시인은 우리에게 어떤 체험을 매개해 준다. 일종의 충격 효과를 통해 질서 정연한 정치, 종교, 혹은 현실로부터 억압당하고 유린당한 우리 자신의 실체를 폭로하고 그 위선적 층위를 드러냄으로써 소외된 존재인 우리가 스스로를 파괴하여 "다른 이름으로 불리고"(「게이와 채식주의자」) 있음을 감각하게 하는 것이다. 이는 단지 폭력적 현실을 재현하는 것이 아니라 폭력적 현실을 현시하고 얼룩으로서의 삶을 드러내어 부정된 존재가 아닌 다른 위치에서 새로운 정체성을 바라볼 수 있게 하는 아름다운 시적 모험이라고 할 수 있다.

어떤 면에서 김혜선 시인이 천착하는 죽음의 양태는 우리의 삶이 파국일 것임을 예측하면서도 그것이 단지 예측일 뿐이라서 "바닥이 사라지"는 경우의 수를 포함하여 이방인으로서의 '나'가 "식탁 위의 세계를 무너뜨릴" 수 있는 다른 가능성으로 전환하는 사유로 보이기도 한다(「문워크」). "교수대에 달린 나는 아주 오래전부터 매달려 있"으며 "그냥 콱 죽어 버리고 싶게 가벼운 일회용 인간이고 싶었다"고 하지만(「천년」) 시인은 죽음을 '나'의 부재가 아니라 '나'의 형질 변환의 기제로 삼는다. 다시 말해 시인은 정상성의 범주로부터 거부당하여 녹아내린 존재들의 고통을 현시함으로써 "언제나 틀린 결말"로(「드래그 퀸」) 정의되는 존재를 즐거운 금지 위반의 양태로 형상화하는 한편 인식론적 세계에 붙잡아 두고자 한다.

스웨터를 뒤집어 입은 여자는

사랑할 때 맥박 수를 알아
속눈썹을 숨 가쁘게 밀어 올리고
무의식적 욕망에 저항하는 척하지
뒤집힌 우산 아래서 헤어져 봤어?
금이 가는 말들로 건강에 해로운 엄마를 버티지만
지긋지긋한 상징 뒤에는 실재가 있다는 것도
사랑 다음은 썩은 고깃덩어리라는 것도 난 알아 엄마
(중략)
현실은 환상이라는 것도 난 아는데
스웨터를 뒤집어 입은 불안한 엄마는
쇼핑백 속에 오늘도 고깃덩이를 낳고 있어
작은 지옥이 사회적 통념을 견디고 있잖아
엄마가 조장한 공포를 쇼핑백이 포장하잖아
랄라 즐거운 공휴일이 오면 날아올라
죽은 엄마에게 지긋지긋한 콘돔을 씌워야겠어

—「쇼핑백과 공휴일」 부분

위 시에서 엄마에게 '나'는 욕망을 드러내면 단죄를 받는 부정의한 존재이다. "썩은 고깃덩어리"는 "사랑 다음"이 되어 욕망의 찌꺼기처럼 보이지만, 결국 "벌거벗은 채로 보여지기 위해 만들어"진(「징크스처럼 통증처럼」) 욕망의 발현태로 세상에 던져진 인간 실존의 양태라 할 수 있다. 마치 동물처럼 간주되는 고깃덩어리로서의 육체는 "스웨터를 뒤집어 입은 불안"을 환기한다. 그것은 동물과 인간의 근본적인 동일화이며, 모든 감정적인 동화보다도 훨씬 깊은 비구분의 영역으로 고통받는 인간은 동물이고 고통받는 동물은 인간이라고 말한 들뢰즈(Gilles Deleuze)의 말처럼 찢긴 육체가 재현하는 공포에 매혹당하면서 세계의 잔인한 폭력 속에 자신을 투사하는 우리의 불안에 맞닿아 있다. 그것은 우리가 일상적으로 접하는, 안전과 생존이 보장되는 장소이자 "사회적 통념"으로 은폐된 "작은 지옥"으로 말미암는다. 화목한 가정이라는 환상은 상상과 상징 그리고 실재의 정신분석학적 대상으로만, 병적인 질환의 무의식적 돌출의 공간으로만 인정되는 저 초자아의 장소라고 할 수 있다.

저 장소가 지닌 긴 역사적 억압을 전복시켜 사유하려는 시인의 모험은 본능적 욕망의 층위를 긍정하려는 것만으로도 다른 층위에 설 수 있는 것이 된다. 이는 타자화된 주체에 기반을 두고 있다는 점을 간과할 수 없다. 김혜선 시인은 "내 어지러운 뺄에 징을 박"는 "당신을 참을 수가 없어" "즉흥적으로 태어나서 피같이 쏟아지고//눈썹을 밀고 비닐드레스를 입"고 "따분한 울음을 버"리는(「바나나 바벨」) '나'를 통해 육체성을 드러내는 상징을 활용하여 사회적 통념을 역전시켜 타자화된 수동적 존재로 하여금 자신의 목소리를 적극적으로 개진하는 한편 '나'를 관리하는 저 상징적 세계를 폭로하고 몰락의 자리에서 능동적이고 변화 가능한 자리를 모색한다. 그러므로 "쇼핑백"으로 은폐되고 "공휴일"로 조장된 억압의 틀을 벗어나고자 하는 시적 주체의 위악이 처절하게만 느껴지는 것도 당연한 일이다.

3.

중요한 것은 결국 '나'의 존재를 질문하고 대답을 구하는 데 있는 것인지도 모른다. 그러나 '나'는 고유한 존재로 상상될 뿐, 기표와 기의의 관계처럼 끊임없이 미끄러지는 것으로 맥락화된다. 즉 '나'란 수많은 가면을 번갈아 쓰며 사람과 사람의 관계 속에서 의미화되는 존재인 셈이다.

> 눈부신 오후의 거리에서 그는
> 내게 물었다
> 당신이 누구였던가요?
> 나는 모자였다가
> 지금은 당신 손가락 사이로 흘러내리는 아이스크림입니다
> 달걀 프라이였다가 빵 조각이지요
> 물고기였다가 당신이 맛있게 빨아먹는 돌멩이
> 어제는 비였다가 내일은 웃음
> 밤엔 농담이다가 아침엔 퇴근 행렬이 되기도 하고요
> 유리병 속에 사는 새이기도 하지요
> 나에게 채식주의자
> 뭐 그런 구호가 따라다니기도 하지만
> 나는 어디서든 흘러내리기를 원하죠
>
> —「달걀 프라이 모자」 부분

> 당신은 가면을 쓰고 빗속을 걸어 다닙니다
> 표정이 없으므로 불안도 없이

그러나 고개를 가로저으면 얼굴이 흘러내립니다
젖은 얼굴이 벗겨지고 가면의 입속에서 백 년째
막다른 길이 흘러나옵니다
(중략)
당신은 상황입니다
그러므로 가면은 여러 가지 가능성을 추구하는 장소가 됩니다
당신은 왜 할 말이 없어진 계절에
두 개의 얼굴로 태어나고 사라집니까
난 왜 자꾸만 이름이 바뀝니까
불안 뒤에 버려진 말들과 사귈 수는 없을까요

당신이 오기를 바라지 않고 기다리는 일이 가능해졌습니다

—「얼굴들」 부분

"눈부신 오후의 거리에서 그는/내게 물었다/당신이 누구였던가요?" '나'는 누구인가? '나'는 누구였던가? '나'는 '나'를 "모자", "아이스크림", "빵 조각", "물고기", "돌멩이" 등등으로 명명한다. 누군가는 "나에게 채식주의자"라는 구호로 명명하기도 한다. 이렇게 은유된 '나'는 '나'를 누구인지 알려 주는 지표가 될 수 있을까. 은유는 유사성의 원리로 한 사물의 양상이 다른 하나의 사물로 이동하여 겹침으로써 원관념과 보조관념의 의미 층위를 확장하는 수사법이다. 그것은 개별적 존재로서의 '나'의 복잡함과 미묘함을 규

정적 체계의 요구에 맞출 것을 강요하는 것으로부터 탈주하고자 하는 데 의의가 있다. 라캉(Jacques Lacan)의 표현을 빌리면, 은유에서 하나의 기표를 억누르고 출현하는 새로운 기표는 의미 작용에 저항하는 선을 뚫고 솟아난다. 억압과 출현의 동시적인 작용에 의해서 은유가 출현하며, 이것은 무의미에서 의미가 출현하는 과정이라는 것이다. 즉 '나'를 규정하려는 체계의 억압으로부터 탈주하고자 은유를 통해 복잡다단한 '나'의 본질을 다른 사유로 끊임없이 확장해 나가는 셈이다. 규정될 수 없는 '나'는 수많은 가능성으로 맥락화된다. 이는 "어디서든 흘러내리"는 존재로 남길 원하는 '나'의 주체성에 기인하는 한편 "당신이라는 현실"을(「달걀 프라이 모자」) 전유해야만 한다.

언제나 "질문은 한없이 투명한 문장 같"다. 이미 정해진 답을 향해 나아가는 것처럼 보이지만, "모든 증상으로/목을" 매야만 하는 "불안한 밤"을 보듬듯이 우리는 대답해야만 한다.(「바그다드 편의점」) 그러니 잘못된 것일지라도 묻고 답을 구해 보자.

'당신'은 누구인가? "당신은 가면을 쓰고 빗속을 걸어다"니는 존재이다. 게다가 "표정이 없"어서 "불안도 없"는 상태로 있다. 가면 안쪽의 감춰진 얼굴은 무엇으로도 확인할 수 없다. 그러나 "가면은 여러 가지 가능성을 추구하는 장소"이기에 '당신'의 은유로 기능하며 세계의 강요로부터 자신을 보호하고 다른 사유로 확장해 나갈 수 있게 한다. 물론 김혜선 시인의 다른 시편들에서처럼 '당신'은 위선과

위악을 가면처럼 쓰고 막다른 길에 놓인 불가능한 것의 상징으로 존재해야만 하는 "상황"에 처한 것일 수도 있다. 그렇기 때문에 역설적으로 "당신은 상황"이 되어 "여러 가지 가능성을 추구"할 수 있게 된다. 그것은 "말의 바깥이 없어서 가면이 녹아내"릴(「얼굴들」) 위험을 내포한다. 당신은 "할 말이 없어진 계절에/두 개의 얼굴로 태어나고 사라"지며, '나'는 "자꾸만 이름이 바"뀐다. 그러므로 당신은 '나'의 다른 이름이 될 가능성이 농후하다.

말의 바깥이 없다는 것은 다른 이름으로 존재하는 '내'가 누구에게도 가닿지 못하리라는 것을, 녹아내리게 될 것을 지시한다. 가능성은 가면을 경유해 다른 얼굴과 이름을 전유함으로써 형성된다. 어떤 면에서 이는 절망적 상황처럼도 보인다. 그 상황에 놓인 '나'는 당신이 오기를 바라지 않고 기다리는 일을 "가능"이라고 한다. 다시 태어나도 바뀔 거라 기대할 수 없는 억압적 현실을 살아야만 하기 때문에 가능의 불가능을 어루만지며 자신을 불가능의 가능으로 옮겨 놓고자 한다. 그러므로 가면을 쓴 당신은 강요된 주체의 자리라는 상투성을 전복하는 '나'와 동일시된 존재로 하나의 정체성에 함몰되지 않는, 새로운 것의 생성이란 층위에서 다양한 분화가 가능한 유목적 주체로 자리매김할 수 있게 된다.

물론 유목적이란 말에서 알 수 있듯 명징한 하나의 의미는 존재할 수 없다. 다양한 은유로 '나'를 명명해야만 했던 것처럼 주체는 흘러내리는, 즉 유동하는 주체로 기표의 미끄러짐 속에서만 자신을 확인할 수 있다. 그것을 가능성이 라고 본 것은 "미로 속에 갇혀 버린 소름 끼치는 악몽"으로부터 기인한 '나'의 "서른한 겹 가죽을 벗겨" 낼 수 있으리라는 믿음을 전유한다(「거울아 거울아」). 평화로워 보이는 장면 너머에 감춰진 고통스러운 삶의 양상은 주체가 맞닥뜨려야 하는 진실이 무엇인지 알려 준다.

> 죽은 아이를 담은 감자 바구니 곁에서 두 손을 모은 부모
> 아이는 버리고 감자를 담은 바구니를 들고 집으로 온다
> 검은 새들이 저녁 종소리를 덮었다
>
> 진통이 시작된다
> 모든 밤이 뒤따라온다
>
> —「만종(晩種)」 부분

장 프랑수아 밀레(Jean-François Millet)의 유명한 작품 중에 「만종」이 있다. 농촌의 평화로움을 그렸다고 평가받지만, 초현실주의 화가인 살바도르 달리(Salvador Dali)가 이 그림 앞에서 느낀 불안의 실체를 지금의 우리는 안다. 농부 부부의 발치에 놓인 감자 바구니는 실상 죽은 아기를 담은 관을 은폐한 도구일 따름이다. 삶의 이면에 놓인 냉혹하고 참혹한 상태를 직시하고 그것을 연민하려는 시인의 투시력이 예리하다. 인용하지 않은 부분의 새끼 늑대의 경우처럼 동족을 죽여야만 하는 아이러니한 상황은 무의식적 욕망의

작동 방식이라기보다는 사회적 관계에 의해 조작된 측면이 강하다. 물론 갈치와 풀치의 오이디푸스적 관계의 역전도 마찬가지일 것이다. 이처럼 김혜선 시인이 그려 낸 저 낯선 은유는 평화로워 보이는 우리의 삶을 잘라 내어 그 단면을 보여 줌으로써 낯설고 공포스러운 순간과 마주하게 한다. 이는 무의식이 감각하는 불안이 평온해 보이는 세계로부터 비롯되는 실존적 쟁투임을 보여 주는 셈이다.

"미로 속에 갇혀 버린 소름 끼치는 악몽" 속 주체가 감당해야 하는 실존의 양상은 이처럼 부조리한 세계로부터 부여된, 절망적인 질서로부터 발생한다. 그런 이유로 시인이 끊임없이 '나'의 죽음을 사유하는 것 역시 이해할 수 있게 된다. 살아남은 자들의 기억 속에서 죽음은 죽지 않은 채로 영원할 수 있다. '나'의 죽음을 환기하는 시인의 행위 역시 죽음을 죽음의 상태에 내버려 두지 않고 그 죽음을 둘러싼 현상을 되새김질하도록 이끄는 것이다. 이때의 죽음은 타자화된 죽음이자 그것을 향유하는 존재론적 죽음에 가닿는다. 죽음을 향유하는 '나'의 곁에 죽은 자들이 함께하는 것은 어찌 보면 당연한 일인지도 모른다. 이를 어떻게 사유할 것이냐에 따라 '나'는 스스로를 죽이는 "사형집행인"이(「페나 카피탈레」) 될 수도 있고 시인이 될 수도 있다. 그러니 죽음은 존재의 종결이 아니라 실존의 출발로서 누빔점이 된다. 기표의 질서 속에서 등장한 주체는 자신의 원인인 언어 속에서 대리될 뿐이어서 필연적으로 빗금 친 주체로 남는다. 그러므로 시인은 무수한 은유적 기표 속에서 죽음을 누빔점

삼아 주체의 분열을 설명하고 실존의 가능성을 모색하는 것이라 할 수 있겠다.

보다 선명하게 구체적 폭력의 세계를 드러내는 방식을 묘파한 「고모」의 경우도 눈여겨볼 필요가 있다. 이 시는 김혜선 시인이 다른 죽음들을 무의식의 전치로 에둘러 표현하는 것과는 다른 층위를 보여 준다. 이 정확한 죽음이 지닌 기억과 시간의 누적은 오랜 세월 변하지 않는 세계의 폭력을 그대로 펼쳐 낼 뿐 아니라 죽음으로 "겨우" 끝낼 수 있다는 비극을 현시한다. 이처럼 죽음이라는 누빔점은 다양한 방식으로 시 안에서 작동한다.

4.

"아버지의 섭리는 영원히, 아버지의 것입니다"라는(「Soloist」) 구절은 존재의 죽음을 야기한 폭력적 세계에 대한 시인의 견고한 의지를 드러낸다. 대타자로서의 규율을 의미하는 아버지가 높디높은 권좌에서 "땅으로 떨어질" 것이라는 확신. 그것은 이전과는 다른 삶을 지향하는 존재의 자기증명과도 같다. 아버지의 섭리로 유지되던 시대는 모든 것이 납작한 평면의 시기인지도 모른다. 시인은 자연 발생적인 차원을 인위적으로 조작하여 점과 선으로만 세계를 정렬하려는 "플랫랜드"를(「플랫랜드」) 통해 "모두가 사라지고 공간마저 없어"져 "아무것도 없는" "끝"에서(「오늘의 날씨」) 당신의 안부를 물음으로써 강제된 현실 법칙에서 자유로운 시적 감각의 층위로 우리를 이동시킨다.

마지막 전동차가 터널로 들어간다
부러진 손톱, 얼룩으로 더러워진 손이
전동차 의자에 널브러져 있다
짐승의 주린 배 속 같은 소리를 지르고

동굴은 접혔다 펴진다

그는 햇살이 동굴 벽을
볼록하게 만지고 지날 때를 기다린다
마른 뼛조각으로
놈의 심장이 뛰게 하고
살찐 뒷다리가 벽을 차고 튀어 오르게 해야 한다
벽에 붙은 놈을 향해 주술사는 춤을 추고
사람들은 창을 던질 것이다
더 크고 살진 놈의 뒷덜미에 창을 꽂아
주린 배를 채워야 한다

부르르 배터리 진동이 창끝처럼
마른 옆구리를 찌른다
오늘 그는 놈의 눈알을 돌려주었다
터널을 빠져나온 전동차가
마지막 역에 닿고 있다
문이 열리고

동굴 벽의 붉은 소 떼가 그의 뒤를 따라온다

낡고 때 묻은 검정 윗도리가 축 늘어진 후생을 다 가리지 못했다

—「호모 아르텍스」 전문

시인의 등단작인 「호모 아르텍스」는 터널을 지나는 전동차 속에서 동굴벽화를 그리던 이가 존재했던 시대를 떠올리며 시작한다. "시간의 결이 멈추는 풍경"을(「녹턴」) 듣고 있는 것이라 볼 수 있겠다. 과거의 존재는 주술적 의미로 동굴 벽에 소를 그리고 창을 꽂는다. 과거와 현재를 교차하면서 분화시키는 이 시는 "주린 배"를 채우지 못한 결핍을 전면화한다. 터널을 지나는 찰나의 시간이 차원을 달리해 확장하면서 현재적 층위에서조차 충족될 수 없는 결핍된 존재의 환상을 보여 준다. 타자의 죽음을 상상하는 주체는 그 죽음을 자기 것으로 가져올 수 없다. 어쩌면 그것이 옳은 일인지도 모른다. 주술적 제의는 타자의 죽음을 전유하지만, 그것은 '나'의 삶을 타자에 의탁하는 것과 다르지 않기 때문이다. 이는 강제적 폭력을 행사하는 것이어서 그로부터 얻을 수 있는 것은 아무것도 없다. 그것을 깨달을 때 새로운 가능성으로 "문이 열"린다. 김혜선 시인은 이번 시집에 이 시를 실으면서 마지막 연을 바꿨다. 이전의 구절은 "동굴 벽의 검은 소 떼가 그의 뒤를 따라온다/두근거리는 눈빛이 새겨진 벽 속으로/그가 들어서고 있다"였다. 이전의 것이 스스로 과거에 박제되는 이미지로 그의 최후를

증언한다면, 바뀐 부분은 "후생"의 참혹을 예언하고 결핍을 지속하며 죽지 못한 존재의 최후를 지연시킨다. 이 지연의 순간, 주체는 윤리적 주체가 되며 이를 미적으로 감각할 수 있는 가능성의 존재가 된다. 이는 수행적 차원에서 이루어지는 예술 행위처럼 시인의 언어를 거쳐 여기에 당도한다. 죽음을 전유한 저 예술적 수행이 김혜선 시인의 시가 지닌 본질을 관통하고 있는 듯 보인다.

"아버지의 섭리는 영원히, 아버지의 것"일 뿐이어서 지나간 시간에 머물러 지금 이곳으로 더는 침범하지 못한다. 이러한 거부의 목소리는 "상투적 환상"과 "견뎌야 할 고문"을 "아무것도 오지 않는 과거"로 "당신을 나무에 매달"아 버린다(「벤자민 버튼의 시간」). 그럼으로써 모든 "환상이 사라지고 조용해지는 세계"로(「알츠하이머」) '나'를 옮겨 '나'로 하여금 새로운 윤리적 주체의 가능성의 장소가 되도록 만든다. 시인은 무의식의 소망 충족을 실패로 사유함으로써 감각을 해방시켜 감각의 우위, 즉 실재의 우위를 실존의 층위에서 자유롭게 놓아주고자 한다. 이로써 권력과 담론의 망속에서 타율적인 주체를 형성시켰던 방식에서 벗어나 자율적이고 능동적인 주체를 형성시킬 '자기의 테크놀로지'가 구축된다. 이 분명한 사건야말로 김혜선 시인의 첫 시집을 읽는 우리를 "내내 즐거운 밤"으로(「저녁을 쏘다」) 이끌어 주리라 믿어 의심치 않는다.